W0302245

Élisabeth

princesse à Versailles

© 2018 Albin Michel Jeunesse
22, rue Huyghens, 75014 Paris
www.albin-michel.fr

Tous droits réservés, y compris de reproduction
partielle ou totale, sous toutes ses formes.
Loi n° 49-956 du 16 juillet 1949
sur les publications destinées à la jeunesse.

Annie Jay

Illustré par Ariane Delrieu

Élisabeth princesse à Versailles

11. Le Secret de Bertille

Albin Michel Jeunesse

Élisabeth

Petite sœur
du roi Louis XVI.

Angélique de Mackau

Fille de Mme de Mackau
et meilleure amie d'Élisabeth.

Clotilde

Sœur
d'Élisabeth.

Madame de Marsan

Gouvernante
d'Élisabeth.

Madame de Mackau

Sous-gouvernante
d'Élisabeth.

Madame de Guéméné

Nouvelle gouvernante
d'Élisabeth.

Louis XVI

Roi de France
de 1774 à 1793.

Marie-Antoinette

Épouse de Louis XVI.

Charles-Philippe et Marie-Thérèse

Frère et belle-sœur
d'Élisabeth.

Colin

Petit valet
d’Élisabeth.

Théo

Page,
ami d’Élisabeth.

Guillaume

Page,
ami de Théo.

Bertille

Amie
d’Élisabeth.

Madame de Taillevent

Mère de Bertille.

Antoine Dufour

Ennemi de la famille
de Bertille.

Madame de Boyrie

Enseignante à l’école
de Saint-Cyr.

Biscuit

Chien d’Élisabeth.

Dans les tomes précédents

La vie d'Élisabeth, petite sœur du roi Louis XVI, a complètement changé depuis l'arrivée de la sous-gouvernante, Mme de Mackau. Libérée de l'emprise de la sévère Mme de Marsan, Élisabeth vit mille aventures avec sa meilleure amie, Angélique, son valet Colin et ses amis pages, Théo de Villebois et Guillaume de Formigier. Ensemble, ils mènent des enquêtes passionnantes. Ils ont ainsi retrouvé le tableau *La Dame à la rose*, aidé une jeune orpheline, déjoué un complot contre le roi, retrouvé un collier volé et déchiffré une lettre codée ! Dans ce tome, Élisabeth part à la recherche d'un trésor caché par les Templiers...

Chapitre 1

Château de Versailles, 9 août 1775.

Hortense posa la brosse sur la coiffeuse.

– Parfaits, dit-elle en admirant Élisabeth dans le reflet du miroir. Vos cheveux sont brillants, bouclés... parfaits !

Elle sourit, satisfaite. Mais la princesse poussa un énorme soupir avant de baisser les yeux.

– Que vous arrive-t-il ? s'étonna la domestique. Voilà deux jours que je vous vois morose. Vous devriez être heureuse. Vous n'allez pas vous marier, ni quitter votre famille.[1]

---

1. Voir *Le Courrier du roi.* On parlait de faire épouser à Élisabeth le petit-fils du roi du Portugal. Elle attendait avec inquiétude la décision de son frère Louis XVI. À la grande joie de la princesse, le mariage ne se fit pas.

Marie, la femme de chambre, entra, les bras chargés de linge. Comme elle avait entendu les derniers mots d'Hortense, elle s'indigna :

– Vas-tu te taire ! Madame n'a point à te confier ses secrets !

Aussitôt, sa collègue s'excusa :

– Oh... Pardon, Madame.

Élisabeth accrocha son regard dans la glace. Elle lui adressa un pauvre sourire et avoua :

– Vous avez raison, j'ai des soucis. Ma sœur, Clotilde, partira pour toujours à la fin du mois. Cela me désespère. Je crains qu'elle ne soit mal accueillie par son fiancé, au Piémont...

– Pourquoi donc ?

– Parce que... parce qu'il la trouve laide et trop grosse. Il a même demandé que son ambassadeur et son médecin la voient toute nue, afin de s'assurer qu'elle pourra avoir des enfants. C'est si humiliant ! Et s'il la rejetait ?

Marie s'approcha pour la réconforter :

– Madame Clotilde est la meilleure personne du monde. Elle n'est peut-être pas très jolie, mais elle est douce, gentille, et je ne connais aucune jeune fille plus instruite qu'elle. Il faudrait que son fiancé soit un sacré imbécile pour ne pas s'en rendre compte !

Elle se mordit aussitôt les lèvres :

– Enfin, je ne voulais pas insulter Son Altesse le prince du Piémont...

Élisabeth esquissa un sourire. La franchise de Marie lui faisait du bien. Elle poursuivit :

– Si seulement je pouvais être sûre que ma sœur sera heureuse...

– Ah çà ! Il est arrivé la même chose à ma cousine. Son père l'a mariée à un riche veuf. Elle s'inquiétait beaucoup, car elle ne le connaissait pas. Alors nous avons décidé d'aller... d'aller... euh...

Tout à coup, son visage vira au rouge et elle se dépêcha de filer vers la porte.

– Ce n'est pas tout ça, j'ai du travail.

– Marie ! l'arrêta Élisabeth. Qu'avez-vous décidé ?

– Eh bien, oui, renchérit sa collègue, où êtes-vous allées ?

Marie paraissait bien embêtée ! Elle prit son courage à deux mains et expliqua :

– Je ne suis qu'une simple villageoise. Chez nous, il y a de vieilles croyances. Dans le bois derrière notre maison se trouve un grand chêne. On dit qu'il a près de 1 000 ans. Cet arbre a la réputation de réaliser les souhaits.

Élisabeth se retourna pour lui faire face. Bouche bée, elle attendait la suite.

– Bien sûr, reprit Marie, notre curé est furieux, parce que toutes les filles qui cherchent un fiancé y vont. Et pas seulement elles, tous ceux qui ont des soucis.

– Oh..., lâcha Élisabeth, impressionnée. Alors, votre cousine a fait un vœu au pied de l'arbre pour que son mariage se passe bien ?

– C'est ça, Madame. Et elle a été exaucée. Ce riche veuf l'aime et la couvre de cadeaux. Et, ma foi, elle l'apprécie, elle aussi. Ils sont très heureux.

Élisabeth bondit de sa chaise. Neuf heures venaient de sonner, Mme de Mackau et Angélique arriveraient dans quelques instants. Elle regarda par la porte grande ouverte sur le salon : il n'y avait que Colin qui, depuis son poste, ne perdait pas une miette de la conversation. Comme elle avait toute confiance en lui, elle osa :

– Où se trouve-t-il, cet arbre à souhaits ? Je pourrais peut-être m'y rendre ?

Marie, son linge sur les bras, hésita avant de répondre.

– Impossible, Madame. C'est près de Saint-Cyr, à côté du village de Fontenay-le-Fleury, à une bonne demi-heure de carrosse. Mme de Marsan n'acceptera jamais.

– Saint-Cyr ! s'écria Élisabeth. Quelle chance ! Nous y sommes justement invitées demain !

Les deux femmes de chambre se regardèrent, étonnées.

– Vous savez, raconta Élisabeth, qu'il y a là-bas une école pour les jeunes filles pauvres de la noblesse. Mme de Marsan y emmenait souvent Clotilde lorsqu'elle était petite. Et moi aussi, j'y suis allée quelques fois. Clotilde veut dire adieu aux pensionnaires et aux maîtresses avant de partir. Elles ont préparé une fête pour elle.

– Oui mais, demanda Marie, quelle excuse donnerez-vous pour vous rendre ensuite jusqu'à l'arbre magique ?

Colin se permit d'intervenir :

– Mme de Mackau l'autorisera sûrement. C'est vrai qu'elle ne croit guère à ce genre de choses, mais pourquoi refuserait-elle ? Madame Clotilde est si triste. Ça pourrait la réconforter et lui redonner un peu d'espoir...

– Ah, Colin ! s'exclama Élisabeth. Tu as raison ! C'est ce que je lui dirai... demain.

– Chuuut ! Les voilà !

– Ouvre la porte. Inutile d'en parler pour le moment. Je vais d'abord en toucher deux mots à Angélique...

Chapitre 2

Par chance, le lendemain, Mme de Marsan ne les accompagna pas à Saint-Cyr.

La gouvernante avait décidé de démissionner de son poste pour conduire Clotilde au Piémont. Elle souhaitait y résider plusieurs mois, le temps que sa royale élève s'adapte à sa nouvelle vie. Le départ approchait. Mme de Marsan devait préparer leurs malles, mais aussi régler dans le moindre détail la cérémonie du mariage.

– Dépêchons-nous, lança Mme de Mackau alors que leur voiture s'arrêtait devant elles.

Il nous faut être à l'école à 10 heures. Vous savez qu'une de mes amies d'enfance y est maîtresse. Je suis ravie de la retrouver.

Théo et Guillaume, leurs pages, les aidèrent à s'installer sur les banquettes, puis ils se mirent en selle. Colin, quant à lui, grimpa au côté du cocher. Dès que le carrosse fut parti au trot, Angélique demanda à sa mère :

– Maman, avez-vous déjà vu un chêne vieux de 1 000 ans ?

La sous-gouvernante était passionnée par tout ce qui touchait aux sciences naturelles. Elle lui adressa aussitôt un regard intéressé.

– Mille ans, dis-tu ? Voilà qui est exceptionnel. Où pouvons-nous admirer cette merveille ?

– Tout à côté de Saint-Cyr. Nous pourrions nous y rendre en sortant de l'école. Qu'en pensez-vous ?

Clotilde haussa les épaules sans un mot. Elle se sentait si fatiguée. La pauvre princesse était désespérée de devoir quitter les siens. Devant son manque d'enthousiasme, Élisabeth fit mine de s'enflammer.

– Imaginez-vous tout ce que cet arbre a vécu ?

– Vous avez raison, Madame, apprécia Mme de Mackau. Il a dû être témoin de tant de choses, en mille ans. Mais, comment le trouverons-nous ?

Élisabeth et Angélique se lancèrent un coup d'œil complice, ravies de la tournure que prenaient les événements.

– Très facilement, déclara Angélique. En fait, Colin connaît l'endroit. Il l'indiquera au cocher.

– Parfait ! Cela nous fera une promenade bien agréable par ce beau temps.

Quel accueil elles reçurent à la Maison royale de Saint-Cyr ! Les 150 pensionnaires, leurs maîtresses ainsi que la directrice, la mère de Mornay, une religieuse, étaient alignées dans la cour. Cette dernière plongea dans une profonde révérence, que toutes imitèrent.

Les élèves venaient de familles nobles, mais pauvres. Leurs pères ou leurs frères s'étaient distingués au service du pays. La plupart étaient morts à la guerre.

Le roi offrait à ces jeunes filles une éducation de qualité, ainsi qu'une dot qui leur permettrait de se marier un jour.

– Quel plaisir de te revoir ! lança Mme de Mackau à son amie, Mme de Boyrie.

– Cela fait si longtemps que nous nous sommes vues !

Chantal de Boyrie était une dame blonde et menue, portant une natte relevée en chignon et de petites lunettes rondes. Joviale et souriante, elle embrassa chaleureusement la sous-gouvernante.

Les deux femmes avaient grandi ici et y avaient suivi toutes leurs études. On leur avait également appris à enseigner. À présent, c'étaient elles qui transmettaient leur savoir à leurs élèves.

– Oui, soupira Mme de Mackau, émue. Bien des années ont passé.

La directrice s'adressa aux princesses :

– Madame Clotilde, nous sommes très honorées de vous accueillir. Avec Madame Élisabeth, vous nous avez fait la joie de venir nous voir bien des fois.

– J'ai toujours été si bien reçue à Saint-Cyr, ma mère, répondit Clotilde. J'aurais été très fière d'appartenir à la Maison royale.

Un bruissement ravi s'éleva des rangs. Les pensionnaires étaient habillées de leurs uniformes marron aux ceintures de couleurs vives, rouge, vert, jaune et bleu. Les « rouges », les plus jeunes, leur offrirent des fleurs avec de grands sourires intimidés. On fit ensuite asseoir les invitées à l'ombre des arbres, et le spectacle commença. Les « bleues », les plus âgées, récitèrent des poèmes de leur composition pour célébrer le mariage de Clotilde. Les « vertes » et les « jaunes », quant à elles, avaient prévu des chants extrêmement touchants. Pour finir, les pensionnaires leur servirent des rafraîchissements et des gâteaux.

Comme midi allait sonner, Mme de Mackau déclara à regret :

– Il nous faut laisser ces demoiselles. Elles doivent manger au réfectoire et reprendre leurs cours.

Les princesses s'apprêtaient à prendre congé lorsque la directrice s'avança vers Clotilde. Elle tenait une sorte de linge blanc, qu'elle déplia. Élisabeth y aperçut, brodés, le plan de Saint-Cyr avec, en dessous, un dessin de montagnes au milieu desquelles se trouvait une fleur de lys, le symbole de la France.

– Pour vous, Madame Clotilde, dit la religieuse. Chacune de nos pensionnaires y a travaillé avec amour, souvent pendant des heures. Si vous y regardez de plus près, vous remarquerez que ces broderies ne sont pas faites de fils ordinaires… Les élèves les ont réalisées avec leurs propres cheveux, afin qu'en nous quittant, vous emportiez un peu d'elles dans vos bagages. Quant à ce dessin, il représente l'alliance des montagnes du Piémont avec notre fleur de lys française, dont vous êtes la plus digne représentante...

Clotilde ne put retenir ses larmes. À vrai dire, tout le monde sanglotait, Colin et les deux pages comme les autres ! La jeune fille se tourna vers les pensionnaires :

– Je ne pouvais partir sans vous dire adieu... Nous avons tant de choses en commun. Comme la plupart d'entre vous, ma sœur et moi sommes orphelines. Le destin nous a fait naître princesses, mais nous avons souffert des mêmes malheurs, et pleuré nos parents avec le même désespoir. Dans cette grande maison de Saint-Cyr, j'ai trouvé de vraies amies parmi vous. Merci. Jamais je ne vous oublierai !

Elle replia le précieux tissu sur lequel roulèrent quelques-unes de ses larmes. Mais Mme de Mackau la poussait déjà d'un geste doux vers le carrosse. Théo se dépêcha d'en ouvrir la porte, tandis que Guillaume dépliait le marchepied. Puis les deux garçons aidèrent les passagères à s'installer.

Colin vint à la fenêtre pour demander :

– Allons-nous voir le chêne ?

– Oui, répondit Mme de Mackau. Je pense que, après toutes ces émotions, une petite promenade nous fera le plus grand bien.

Chapitre 3

Bientôt, leur voiture gagna les bois. À plusieurs reprises, le cocher s'arrêta, hésitant entre plusieurs chemins. Enfin, une clairière apparut.

– Ho ! s'écria-t-il en tirant sur les rênes.

Une fois descendue, Élisabeth s'inquiéta :

– Je ne vois nulle part de vieux chêne... Colin, es-tu sûr que ce soit le bon endroit ?

– Bien sûr, Madame ! Marie m'a bien indiqué la route à suivre. L'arbre magique est tout à côté d'ici.

– Chut ! pesta Élisabeth.

Trop tard, Mme de Mackau avait entendu.

– Qu'est-ce donc que cette histoire d'arbre magique ? demanda-t-elle en fronçant les sourcils.

Hélas, il fallut le lui expliquer...

– Ce n'est que pure superstition, les disputa-t-elle.

– Mais, insista Élisabeth, ça ne fera de mal à personne d'essayer.

– S'il vous plaît, maman, laissez-nous y aller !

La femme soupira avant d'accepter de mauvaise grâce.

– Ne vous attendez à aucun miracle. Les arbres à souhaits n'existent pas, à part dans l'imagination des gens simples.

Après s'être enfoncés dans les taillis, ils découvrirent non loin de là un immense chêne dans une petite clairière. Il était si haut que l'on ne parvenait pas à en voir la cime. Son tronc était énorme, comme craquelé par le temps. Il aurait fallu trois hommes, bras grands ouverts, pour en faire le tour ! Mais, ce qui était vraiment incroyable, c'était le nombre d'objets posés à son pied. Ceux qui étaient venus ici faire des vœux avaient laissé en offrande de menus cadeaux, des quenouilles de laine, des cuillères ou encore des outils rouillés, serpes, clous ou fers à cheval.

– Ah çà..., lâcha Mme de Mackau, impressionnée. Quel magnifique spécimen !

– Quel calme, poursuivit Théo en observant les lieux, les mains sur les hanches. Qu'en penses-tu, Guillaume ?

– C'est un bel endroit, reconnut son ami de son accent du Midi.

– Quelle paix, ajouta Clotilde.

La jeune fille, depuis leur départ de l'école de Saint-Cyr, était restée muette.

– Ma sœur, lui demanda Élisabeth, n'avez-vous pas un vœu à faire ?

Clotilde regarda Mme de Mackau. La sous-gouvernante hocha la tête.

– Faites, Madame. Finalement, il s'agit d'un jeu bien innocent. Je n'en parlerai à personne.

Clotilde portait encore dans ses bras le bouquet de fleurs que les « rouges » lui avaient offert. Elle s'approcha de l'arbre... puis renonça.

– À quoi bon ? souffla-t-elle, les yeux emplis de larmes. Vous l'avez dit, ce n'est que de la superstition.

– Eh bien, moi, j'ose ! clama Élisabeth.

Elle posa les mains sur le tronc.

« Je veux que le prince du Piémont aime Clotilde, pensa-t-elle le plus fort qu'elle put. Je veux qu'il l'aime », répéta-t-elle dans sa tête encore et encore.

Puis Angélique s'avança pour faire son vœu. Bientôt, Théo et Guillaume n'hésitèrent plus.

Ils se placèrent devant le chêne et se concentrèrent sur leur souhait.

– Vas-y, Colin, lança Élisabeth.

– Je peux ? Je peux vraiment ? fit-il, tout heureux.

– Bien sûr ! Puisque Mme de Mackau nous y autorise.

Le valet toucha l'arbre. Quelques secondes plus tard, un grand sourire s'étalait sur ses lèvres.

– C'est fait !

Mais Élisabeth n'était pas satisfaite. Elle prit sa sœur par le bras et l'encouragea :

– Que craignez-vous ? D'être déçue ? Vous connaissez le proverbe : « Qui ne tente rien n'a rien. »

Alors, Clotilde ferma les yeux. Elle serrait les fleurs contre elle. Ses narines frémissaient. Élisabeth en fut bouleversée. Pauvre Clotilde ! Dire qu'elle allait bientôt partir pour toujours...

Un craquement les fit sursauter. Tous se retournèrent. Dans les fourrés, quelqu'un se cachait. On les espionnait !

– Qui va là ? s'écria Théo.

– Sortez ! ordonna Guillaume.

Une ombre bougea ! Puis quelqu'un détala ! Il s'agissait d'un adolescent, pas très grand, sans doute un paysan.

– Arrêtez-vous !

Mais, loin d'obéir, l'inconnu se mit à courir encore plus vite. Sans attendre, Guillaume lui donna la chasse, Théo sur ses talons.

– Colin ! cria-t-il. Ne quitte pas Mesdames et protège-les !

L'espion progressait dans les taillis, écartant les branches et zigzaguant. Derrière lui, les deux garçons se rapprochaient. Bientôt, ils ne furent plus qu'à deux pas, à un pas... Théo plongea, l'accrochant aux jambes pour le faire tomber.

– Ne bouge plus, vaurien !

Guillaume planta un genou dans son dos.

– Assez, brailla le paysan. Vous me faites mal !

– Ah ben, ça alors...

– Mince, renchérit Théo d'un air éberlué.

Le chapeau de l'inconnu s'était envolé. Une cascade de longs cheveux bruns s'étalait sur les feuilles mortes du sous-bois.

– Une fille ?

Les deux pages la libérèrent et l'aidèrent à se relever.

– Allez-vous me lâcher !

Oui, constatèrent-ils, il s'agissait bien d'une fille. Une fille vêtue en garçon. Jeune, âgée de 12 ou 13 ans, plutôt jolie.

– Butors[2] ! Malappris ! cria-t-elle de plus belle en se débattant pour tenter de fuir de nouveau.

– En voilà assez, la rabroua Théo. Vous nous espionniez !

Et il l'attrapa par le bras pour la tirer jusqu'au chêne.

2. Mot ancien : personne grossière et mal élevée.

– Doucement, monsieur de Villebois, le reprit Mme de Mackau. Cette demoiselle n'est pas une criminelle, tout de même !

– Mais, madame, elle nous surveillait...

– Point du tout ! s'indigna la fille. Je suis venue pour faire un vœu. J'allais m'en aller lorsque vous êtes arrivés. Comme je ne voulais pas vous déranger, j'attendais que vous partiez.

Élisabeth fronça les sourcils.

– Nous nous connaissons, n'est-ce pas ?

– Certes pas, Madame. Si je vous avais déjà vue, je m'en souviendrais.

Élisabeth sursauta.

– C'est curieux. Vous dites ne pas me connaître, mais vous m'appelez « Madame » ?

La fille mentait. D'ailleurs, elle se mit à rougir. Clotilde confirma :

– Moi aussi, mademoiselle, je vous ai déjà vue. N'êtes-vous pas pensionnaire à la Maison royale de Saint-Cyr ?

– Plus maintenant. Je l'ai quittée pour… pour…

Et, tout à coup, elle se débattit violemment et parvint à échapper à Théo. Le page voulut la poursuivre, mais Mme de Mackau l'en empêcha.

– Laissez-la partir, monsieur de Villebois !

La fille était déjà loin. Courant de nouveau vers les taillis, elle ne tarda pas à disparaître.

– Eh bien, soupira la sous-gouvernante, partons. Tout le monde a fait son vœu ?

– Oui, annonça Angélique. Et vous, maman, en avez-vous fait un ?

– Un tout petit, reconnut sa mère avec un sourire. Pour vous, ma chérie, pour votre avenir.

– Merci ! Mais… ne devons-nous pas laisser une offrande ?

– Tu as raison, répondit Élisabeth. Tous ceux qui sont passés ici l'ont fait.

Elle posa son mouchoir au pied du chêne, Angélique en fit autant. Théo et Guillaume sortirent quelques pièces de monnaie.

– Moi, je n'ai pas grand-chose, gémit Colin en fouillant ses poches. Ah, si !

Et il montra un vieux bouton de bois. Mme de Mackau enleva une de ses épingles à cheveux. Tous se tournèrent vers Clotilde, qui ne bougeait pas. Elle observa son bouquet.

– Les « rouges » me l'ont offert. Cela m'ennuie de les donner à un arbre... Je vais le partager en deux. Une moitié sera pour le chêne, et je garderai l'autre.

– Qu'est-ce que c'est que ça ? s'étonna Théo.

Il s'accroupit et ramassa un médaillon pendu au bout d'une chaîne cassée.

– C'est sûrement cette fille qui l'a perdu lorsqu'elle s'est débattue. Regardez !

Tous l'entourèrent. Il s'agissait d'un bijou ovale. Le page, en tâtonnant, découvrit un

petit fermoir. À peine actionné, le médaillon s'ouvrit.

– Qu'y a-t-il à l'intérieur ? demanda Élisabeth.

– Deux portraits miniatures, un couple.

– Notre espionne ressemble à la femme. Peut-être est-ce sa sœur aînée, ou sa mère ?

– Si cette jeune fille étudie à Saint-Cyr, dit Clotilde, elle est sans doute orpheline. Imaginez-vous la peine qu'elle aura lorsqu'elle découvrira qu'elle a perdu ce bijou ?

– C'est peut-être son seul bien, renchérit Angélique.

– Ou le seul souvenir qui lui reste de sa famille, ajouta Élisabeth.

– Il faut le lui rendre ! lança Colin.

– Retournons à Saint-Cyr, proposa la sous-gouvernante. Mon amie nous dira comment elle se nomme…

Chapitre 4

Mme de Boyrie regarda le médaillon.

– Il appartient à Taillevent. Peu avant notre fête, nous avons constaté qu'elle avait disparu.

Le repas de midi venait de se terminer. Les demoiselles sortaient du réfectoire. Dans la cour, les petites couraient et jouaient en criant, tandis que les grandes se promenaient bras dessus, bras dessous et papotaient.

La maîtresse hocha la tête d'un air navré.

– Pauvre enfant ! Elle ne se plaît guère, ici. Voilà déjà deux fois qu'elle s'enfuit pour rentrer chez elle. La directrice décidera sûrement de la renvoyer.

– Qui est cette Taillevent ? s'enquit Élisabeth.

À Saint-Cyr, on appelait toujours les pensionnaires par leur nom de famille.

– Bertille de Taillevent. Son père est mort à la guerre, un an après sa naissance. Depuis, sa mère se débat dans de terribles problèmes. Elle se retrouve seule à la tête de leur domaine. Seulement, elle n'y connaît rien... Je crains qu'elle ne coure à la faillite.

– Quel malheur ! lança Mme de Mackau. Taillevent m'a paru très dégourdie.

– Un peu trop, hélas. Elle rechigne à étudier et fait montre d'une insolence insupportable. De plus, elle collectionne les punitions. Beaucoup pensent que c'est une petite personne aussi stupide que mal élevée...

La sous-gouvernante se tourna vers Élisabeth. Elle lui adressa un sourire de connivence que la princesse comprit parfaitement. Voilà encore un an, c'était mot pour mot ce que disait d'elle l'affreuse Mme de Marsan.

Mais Chantal de Boyrie poursuivait :

– Moi, je sais que Taillevent est loin d'être sotte. Seulement, elle préférerait être chez elle plutôt qu'à Saint-Cyr. Pourquoi croyez-vous qu'elle s'habille en garçon ? Depuis la mort de son père, certains paysans en profitent pour ne plus payer ce qu'ils doivent à sa mère. Faute d'argent, leur demeure tombe en ruine.

Vous ne pouvez imaginer le nombre de fois où j'ai entendu Taillevent affirmer : « Si j'étais un garçon, on nous respecterait ! »

Mme de Mackau soupira :

– Il n'y a qu'en faisant des études qu'elle pourra aider sa mère, et non en courant les chemins, en portant des pantalons.

– C'est ce que je lui ai expliqué.

– Habite-t-elle loin d'ici ? demanda Élisabeth.

– Point du tout ! Son château se trouve à une lieue[3].

– Si nous y allions ?

– Oui, renchérit Angélique. Mme de Marsan prépare ses bagages, elle ne nous attend pas. Et puis, nous pouvons sauter le repas de midi. La collation qu'on nous a servie tout à l'heure était très copieuse.

– Bien sûr, accepta Clotilde. Allons-y.

– C'est entendu, lança Mme de Mackau. Partons à la recherche de Taillevent !

---

3. Ancienne unité de mesure. Une lieue faisait environ 4 km.

– Je vais tout de même vous faire donner un panier-repas, déclara Chantal de Boyrie.

– Seigneur ! s'exclama Mme de Mackau en découvrant le château de Taillevent. Comment peut-on vivre dans un endroit pareil ?

Une bâtisse du Moyen Âge, agrémentée d'une tour ronde, d'un donjon carré et d'un vieux pont-levis, apparut au détour du chemin. L'herbe poussait entre les pierres disjointes de la façade et un fossé boueux entourait le tout.

– L'endroit est lugubre à souhait, renchérit Angélique.

– Halte-là ! s'écria une voix juvénile.

Le cocher tira aussitôt sur les rênes. Bertille de Taillevent venait, en personne, les accueillir. Enfin, à sa façon.

– Veuillez faire demi-tour ! brailla-t-elle aux passagères. Croyez-vous que, parce que vous êtes princesses, vous pouvez tout vous permettre ?

Elle était toujours vêtue de son costume de paysan, ses longs cheveux bruns lâchés dans le dos.

– Quelle insolence ! souffla Élisabeth.

Puis elle éclata de rire.

– Cette Taillevent me plaît. Quel caractère de cochon elle a !

– Tâchez d'être aimable avec elle, lui conseilla Mme de Mackau. Tentons de l'amadouer. J'aimerais la convaincre de retourner étudier à Saint-Cyr…

Mais Élisabeth ouvrait la porte du carrosse pour en sauter. Colin descendit du banc de conduite, tandis que Théo et Guillaume mettaient pied à terre.

– Est-ce une façon de recevoir les visiteurs qui vous rapportent vos bijoux ? lança Élisabeth à la demoiselle des lieux.

Et elle lui montra le médaillon qu'elle avait perdu.

– Tudieu ! jura la fille en tâtant son cou. Où l'avez-vous trouvé ?

– Auprès de l'arbre à souhaits. La chaîne s'est rompue.

Bertille l'attrapa d'un geste rapide, mais ne se calma pas pour autant. Sourcils froncés, elle ordonna :

– À présent, partez !

– Et « merci », s'écria Colin, ça vous écorcherait la bouche de le dire ?

La fille rougit violemment. Elle se mordit les lèvres et jeta un bref :

– Merci.

Elle allait faire demi-tour, mais se ravisa au dernier moment.

– Excusez-moi. D'ordinaire, je ne suis pas si mal élevée.

Mme de Mackau s'avança.

– Nous savons que vous avez des soucis, ma pauvre enfant.

– Mme de Boyrie vous a raconté...

– Oui, en quelques mots. Je me garderai bien de vous faire la morale, mais puis-je vous donner un conseil ? Il ne sert à rien de fuir...

Bertille eut un sursaut !

– Je ne fuis pas, madame ! Bien au contraire. Ma mère a besoin de moi. Ma place est auprès d'elle, pas à Saint-Cyr.

Ses yeux s'emplirent de larmes. Elle les regarda et expliqua :

– Demain soir, nous perdrons tous nos biens. L'homme qui a prêté de l'argent à ma mère exige d'être remboursé.

– Mais, s'étonna Angélique, ne peut-elle obtenir un délai ?

– C'est ce que je lui ai dit ! Nous sommes au mois d'août, on a presque terminé de moissonner le blé. Les récoltes de cette année sont plutôt bonnes... Mais il ne veut pas !

Pour Bertille de Taillevent, s'en fut trop. Pleurer devant des inconnus ? Leur livrer ses malheurs ? Elle se sauva dans le sous-bois.

Chapitre 5

– Mademoiselle ! s'écria Élisabeth. Attendez !

Elle souleva ses jupes et la poursuivit, Angélique, Clotilde, les pages et son valet derrière elle. Après l'avoir cherchée un bon moment, elle découvrit Bertille roulée en boule au pied d'un arbre. Elle demanda d'un geste à ses amis de s'éloigner et s'approcha.

– Je suis sûre que nous pouvons vous aider.

Bertille pleurait à chaudes larmes. Elle leva un œil rouge et pesta :

– Auriez-vous 9 000 livres[4] à me donner ? Non, bien sûr !

La somme était énorme !

– C'est ce que cet escroc réclame à ma mère, ajouta-t-elle. Lorsqu'elle lui en a emprunté 3 000 pour réparer le donjon, l'an dernier, elle ignorait qu'il fallait rendre le triple. Nous sommes ruinées !

Élisabeth s'accroupit auprès d'elle. Après quelques sanglots, Bertille ragea :

– Demain soir, tous nos biens lui appartiendront. Nous serons à la rue ! Je refuse, vous entendez, je refuse ! Ma famille se transmet cette terre depuis vingt générations…

Elle reprit son souffle et s'écria :

– Si je ne trouve pas un moyen pour rembourser cet homme, il n'y aura pas de vingt et unième génération !

Peu à peu, les jeunes gens s'étaient rapprochés. Ils furent surpris de l'entendre marmonner :

4. Monnaie de l'époque.

– Une solution, il y en a peut-être une.

– Laquelle ? demanda Théo.

Elle lui jeta un regard soupçonneux, observa chacun d'eux et articula à voix basse :

– Il y a un trésor à Taillevent. Voilà cinq siècles qu'on le cherche. Si seulement je pouvais le découvrir !

Puis, voyant leurs mines ahuries, elle ronchonna :

– Faites comme si je ne vous avais rien dit. Et puis, ce ne sont pas vos affaires.

Elle se leva brusquement et essaya de fuir de nouveau. Théo lui bloqua le chemin, bras grands ouverts.

– Poussez-vous, espèce de brute, ordonna-t-elle.

– Mademoiselle, ma famille est presque aussi pauvre que la vôtre.

– Et après ? s'énerva-t-elle en tentant de le contourner.

– Nous aussi, nous avions un trésor caché, un tableau de grand prix.

– C'est vrai ! confirma Élisabeth. Nous l'avons retrouvé.[5] Et le vôtre, de quoi s'agit-il ?

Bertille haussa les épaules :

– Personne n'y croit, à part moi. Autrefois, les Templiers...

– Qu'est-ce donc que les Templiers ? demanda Colin.

– Un ordre[6] à la fois religieux et militaire, expliqua Guillaume. Au Moyen Âge, il se

---

5. Voir le tome 3, *La Dame à la rose*.

6. Association, communauté religieuse.

composait de nobles de l'Europe entière. Aujourd'hui, il n'existe plus. Les Templiers protégeaient la route de la Terre Sainte. Beaucoup de voyageurs leur donnaient de l'argent, des maisons ou des terres pour les remercier. Les Templiers devinrent si riches que le roi de France en fut jaloux.

– Mais oui, s'écria Théo, je me souviens ! Voilà cinq siècles, le roi Philippe le Bel les a accusés de ne pas respecter la religion catholique. En fait, c'était faux. Il voulait accaparer leurs biens. Il les a fait arrêter et presque tous tuer.

Bertille acquiesça.

– En 1307, un groupe de Templiers s'est réfugié ici. Ils étaient poursuivis par les soldats du roi. Ils avaient avec eux un coffret empli d'or, qu'ils ont caché. Ils ont laissé des consignes

qu'eux seuls comprenaient, afin que leurs frères puissent récupérer ce magot, s'ils venaient à être pris.

– Ils ont été arrêtés ? demanda Angélique.

– Oui. On les a condamnés à mort.

– Donc, conclut Élisabeth, le trésor est encore là...

– Ou pas, lança Guillaume. J'imagine que depuis cinq siècles, de nombreuses personnes ont dû essayer de le découvrir. Peut-être même que quelqu'un s'en est emparé.

– On l'aurait su ! répliqua Bertille.

Voyant l'air buté de la jeune fille, Élisabeth s'enquit :

– Qu'avez-vous comme renseignements ?

– Les Templiers ont laissé un livre avec de drôles d'indications. Ma famille l'a conservé.

Tous se regardèrent. Élisabeth n'hésita pas :

– Il vous reste peu de temps... Nous pourrions vous prêter main-forte[7].

---

7. Ancienne expression : aider quelqu'un.

– Bien sûr ! acquiescèrent les autres.

– Où êtes-vous ? cria Mme de Mackau.

La sous-gouvernante arrivait.

– Flûte ! souffla Colin. Il nous faudrait une excuse pour ne pas rentrer à Versailles.

Mais Clotilde refusa d'une voix douce :

– Je n'aime guère mentir. Disons simplement que nous désirons aider Mlle de Taillevent. Puisque Mme de Marsan ne nous attend pas, nous sommes libres jusqu'à ce soir.

– Clotilde a raison, reconnut Élisabeth.

Elle se tourna vers la femme qui les rejoignait, à qui elle annonça :

– Mlle de Taillevent nous invite à passer l'après-midi chez elle, est-ce possible ?

Bertille ouvrit tout d'abord de grands yeux, puis elle se dépêcha de confirmer :

– Je serais très honorée de vous présenter ma mère.

– Avec plaisir ! accepta Mme de Mackau.

Chapitre 6

L'endroit était aussi lugubre à l'intérieur qu'à l'extérieur.

– Faites excuse, leur lança Bertille, nous avons dû congédier les serviteurs. Nous ne pouvions plus les payer.

– Votre mère s'occupe seule de cette énorme bâtisse ? s'étonna Mme de Mackau.

– Oui, avec l'aide de notre vieille cuisinière, Yvonne. Elle a refusé de partir. Elle a toujours vécu au château et ne sait où aller. Demain, elle sera à la rue, tout comme nous.

Bertille soupira, puis proposa :

– Montons dans la grande salle du premier.

La vaste pièce où ils arrivèrent ne contenait que quelques gros meubles sculptés, datant d'au moins deux siècles. Quant aux tentures qui cachaient les pierres des murs, elles s'effilochaient, comme rongées par le temps. Point de tableaux, de miroirs, de bibelots... Sans doute avaient-ils été vendus. Le tout était poussiéreux, triste à pleurer...

Ils découvrirent Mme de Taillevent assise devant une fenêtre, les mains crispées sur les genoux. Elle ressemblait tant à la miniature du médaillon qu'ils la reconnurent au premier regard.

La pauvre femme se leva d'un bond.

– Bertille ? s'étonna-t-elle. Que fais-tu ici ? Tu devrais être à Saint-Cyr ! Dieu, quelle tenue ! File te changer...

Puis sa bouche forma un « oh » affolé lorsqu'elle aperçut les visiteuses dans le dos de sa fille.

– Maman, Mesdames Clotilde et Élisabeth, les sœurs de notre roi, nous font l'honneur de leur présence.

Sa mère rougit, pâlit, puis plongea dans une profonde révérence.

– Seigneur ! Seigneur ! balbutia-t-elle. Mesdames... Dire que je n'ai rien à vous offrir... Je suis confuse de vous recevoir dans un tel endroit, si indigne de vous...

Clotilde s'avança pour lui prendre la main.

– Nous n'avons besoin de rien, madame, et ne voulons en aucun cas vous déranger.

– Votre fille Bertille proposait de nous faire visiter votre château, poursuivit Élisabeth.

– Cette architecture du Moyen Âge est très intéressante, enchaîna Théo.

– Très intéressante, répéta Guillaume avec conviction.

– Quant à moi, termina Mme de Mackau, je serais heureuse de discuter avec vous pendant que ces jeunes gens explorent les lieux.

– Eh bien… faites, accepta Mme de Taillevent, tout étonnée qu'on apprécie sa demeure. La vue, depuis la tour, est très belle.

À peine sortie, Bertille s'écria :

– Suivez-moi ! Allons à la bibliothèque.

Ils grimpèrent un escalier de pierre aux marches usées et débouchèrent devant une porte de bois cloutée que Bertille tenta d'ouvrir.

– Elle est souvent coincée…

– Poussez-vous, mademoiselle, proposa Théo. Je m'en occupe.

Mais la jeune fille prit la mouche :

– Je suis tout aussi capable de le faire que vous, monsieur. Je ne suis pas une mauviette !

Et elle donna un grand coup d'épaule dans la porte, qui céda avec un grincement lugubre.

À l'intérieur, les rayonnages étaient presque vides. Il ne restait plus que quelques livres, couverts de poussière et de toiles d'araignées, ainsi que quelques portraits anciens pendus au mur.

– Nous avons été obligées de vendre les ouvrages les plus beaux, expliqua Bertille.

Dans un coin, une antique armure rouillée menaçait de s'effondrer. Colin, très impressionné, s'en approcha.

– Elle est vraie ?

– Bien sûr. Mon ancêtre Amaury de Taillevent la portait lorsqu'il combattait au côté du roi François Ier.

Tout en parlant, elle s'empara d'un petit escabeau qu'elle traîna jusqu'à une étagère. Le temps de grimper dessus, et elle attrapa une boîte de bois qu'elle descendit. Elle posa le tout sur une table.

– Le livre des Templiers est dedans.

Elle essuya de son avant-bras la poussière qui recouvrait le coffret, l'ouvrit et en sortit un vieux carnet à l'épaisse couverture de cuir fauve.

– Il s'agit d'un livre de comptes. Les Templiers y ont noté tout ce qu'ils ont acheté, reçu ou vendu en 1307, pour le fief de Saint-Arnulf. Ne me demandez pas où cette terre se trouve, je l'ignore. Regardez.

Elle tourna les pages. Il ne s'agissait pas de papier, mais de parchemin[8], fin et jauni. Dessus étaient enregistrées de longues colonnes de chiffres, jour après jour.

8. Peau d'animal, souvent de veau ou d'agneau, spécialement traitée pour servir à l'écriture. Le parchemin était beaucoup utilisé au Moyen Âge.

– Quel travail méticuleux, remarqua Clotilde. Tous les commentaires sont en latin... Ces hommes devaient être très instruits.

Mais Élisabeth commençait à s'impatienter :

– Vous nous avez parlé de renseignements, où sont-ils ?

Bertille se reporta à la fin de l'ouvrage. À partir du 13 octobre, plus rien n'était noté. Enfin, si... À la page suivante, une ligne avait été inscrite d'une main énergique.

– On arrive à peine à lire, constata Élisabeth. Les gens de cette époque ne formaient pas les lettres comme nous aujourd'hui.

– Exact. Et Madame Clotilde a raison, les Templiers appartenaient à la noblesse et possédaient une très bonne instruction. Comme ils venaient de tous

les pays d'Europe, ils utilisaient pour se comprendre la langue de l'Église, le latin. Il est écrit: « Indicia sunt in... » et « tegu... » quelque chose. Le dernier mot est pratiquement illisible. Lorsque j'étais petite, mon grand-père disait qu'il s'agissait de *tegulo*.

Élisabeth, qui n'appréciait guère cette langue ancienne, fronça les sourcils.

– Ce qui veut dire ?

– « Les indications sont dans la toiture », traduisit Clotilde.

– Merci, ma sœur. Mme de Marsan serait fière de vous ! Vous êtes digne de l'éducation de garçon[9] qu'elle nous a donnée.

– Je n'ai aucun mérite, j'aime apprendre. Donc... les indications sont dans la toiture.

– Boudiou ! lança Guillaume. Dans la toiture ? Voilà qui est curieux !

9. Traditionnellement, les princesses de France n'apprenaient que le français, un peu d'histoire et parfois des langues étrangères, jusqu'à l'âge de 14 ans. On leur enseignait surtout les travaux d'aiguille, la musique et la danse. Mme de Marsan fut la première gouvernante des Enfants de France à exiger que les princesses étudient, tout comme les princes, les mathématiques, les sciences et le latin.

– Mon grand-père a passé des journées entières dans la charpente à chercher ces fameuses indications, sans succès.

– Si ce papier existe, réfléchit Théo, il ne doit plus être en bon état.

– Pas forcément, rétorqua Angélique. Regardez comme le livre est bien conservé. Si ce mot est dissimulé dans un endroit sec, il peut être intact.

– C'est ce que j'espère, soupira Bertille. Notre château est branlant, mais, par chance, la toiture est saine. J'y suis montée à plusieurs reprises.

Élisabeth montra sa robe :

– Nous ne sommes pas équipées pour grimper dans ce genre d'endroit, c'est bien dommage !

– Ne vous inquiétez pas, répondit Théo. Avec Guillaume et Colin, nous explorerons les poutres jusqu'au coucher du soleil.

Les yeux de Bertille se mirent à briller.

– Vous allez m'aider ? Vraiment ?

Les trois garçons se regardèrent avant d'accepter d'une seule voix :

– Bien sûr !

Quant aux filles, elles s'empressèrent de déclarer :

– Nous vous encouragerons !

– Je cours chercher de quoi nous éclairer, s'écria Bertille.

Chapitre 7

Quelques minutes plus tard, elle était de retour avec une lanterne.

– Venez.

Et elle les entraîna vers l'escalier de pierre. À l'étage au-dessus, un nouvel escalier, en bois, les attendait, étroit et raide.

– Euh…, fit Clotilde en regardant les marches qui se perdaient dans l'obscurité. Est-ce bien prudent ?

– N'ayez crainte, Madame, la rassura Bertille. Malgré son apparence, l'escalier est vraiment solide. Il mène au grenier.

Effectivement, ils découvrirent une immense pièce sombre. Au-dessus de leurs têtes, à plus de sept pieds[10], de longues poutres la traversaient, s'entrecroisant. L'ensemble était impressionnant.

Élisabeth s'avança sur le plancher brut. Il résonnait étrangement sous ses pas.

– Heureusement que nous avons une lanterne. On n'y voit rien.

– Il nous faut monter et parcourir les poutres une à une, expliqua Bertille en leur désignant une échelle. C'est poussiéreux, je vous préviens. J'en ai déjà vérifié plus de la moitié. Il reste tout ce coin-là, dit-elle en montrant un bon tiers de la toiture. Avez-vous le vertige ?

– Point du tout, répondit Guillaume.

– Moi non plus, répliqua Colin.

– Moi, un petit peu, avoua Théo. Mais comptez sur moi, je ferai ma part du travail.

10. Ancienne unité de mesure. Un pied faisait environ 32 cm.

– Inspectez les endroits les plus bas, lui proposa Bertille. Nous nous chargerons des autres.

– Une minute. Je vais enlever ma veste. Je n'ai pas envie de la salir.

Guillaume et Colin l'imitèrent. Une fois en chemise, ils grimpèrent.

Angélique n'en menait pas large. Elle s'approcha d'Élisabeth pour lui souffler :

– Nous aurions dû prévenir maman que nous montions sous les toits.

– Pour quoi faire ? N'avons-nous pas l'autorisation d'explorer le château ?

Et elle leva la tête. Au-dessus d'elles, Colin s'était mis à califourchon sur une poutre. Il tâtait avec application chaque aspérité du bois.

Théo restait prudemment en haut de l'échelle. Il tenait à bout de bras la lanterne pour éclairer ses compagnons. Presque malgré lui, ses yeux fixaient Bertille... Rien ne semblait lui faire peur ! Elle marchait debout sur une poutre, avec l'habileté d'un marin au sommet du grand mât !

– Mademoiselle ! fit-il d'un ton inquiet. Vous devriez faire attention...

Cela la fit rire !

– Je ne risque rien. Je connais cette toiture comme le fond de ma poche.

Guillaume, lui aussi, avançait avec assurance.

– Dieu que c'est sale ! s'écria-t-il. Oh... Je viens de tomber sur... On dirait un gros nid d'oiseaux.

– Des chouettes, expliqua Bertille. Elles ont dû se cacher quand elles nous ont entendus entrer. J'adore les nids de chouette. Dedans, il y a plein de petits squelettes d'animaux...

Et elle sauta sur la poutre voisine sans se soucier du gouffre qui se trouvait sous ses pieds. Au sol, les trois filles poussèrent un « oh » époustouflé. Si Élisabeth s'enthousiasmait de tant d'adresse, les deux autres commençaient à prendre peur.

Théo posa la lanterne et finit par s'aventurer à son tour. Sans doute avait-il un peu honte de rester en retrait, alors que Guillaume et Bertille jouaient les équilibristes. Il décida d'imiter Colin, se mit à califourchon et explora le bois du bout de ses doigts.

– Qu'est-ce que c'est ? lança tout à coup Angélique en attrapant le bras d'Élisabeth.

Une petite chose l'avait frôlée avant de disparaître dans l'obscurité.

– Une souris, répondit calmement Bertille depuis sa poutre. Il y en a plein.

Angélique cria :

– Je déteste les souris ! Venez, Mesdames, supplia-t-elle. Partons d'ici !

– Parle pour toi, répliqua Élisabeth. Moi, je n'ai pas peur des souris.

Cependant, voyant l'air terrifié de son amie, elle soupira :

– D'accord. Mais, c'est dommage. Les autres vont s'amuser, pas nous. Je suis comme Bertille, parfois j'aimerais bien porter un pantalon.

– Es-tu folle ?

– Point du tout ! On doit éprouver une sensation de liberté...

Elle leva la tête et annonça aux explorateurs :

– Nous redescendons. Bon courage !

– À tout à l'heure, répondit Théo.

– Boudiou ! s'écria Guillaume. Il y a une chouette, là. Elle a des yeux énormes.

– Ne l'embêtez pas, lui conseilla Bertille. Elle déteste être dérangée.

Élisabeth souffla de déception. Elle aurait adoré voir la chouette, mais Angélique poussait déjà la porte, Clotilde sur ses talons.

– Que vous êtes trouillardes ! se plaignit-elle tout en descendant les marches.

– Ce n'est pas vrai, rétorqua Angélique. Je n'aime pas ces petites bestioles, c'est tout.

Elles n'étaient pas arrivées en bas de l'escalier de bois qu'elles entendirent un grand cri, suivi d'une espèce de « boum ». Les trois filles se regardèrent, angoissées, avant de faire demi-tour pour grimper les marches quatre à quatre. Dans la pénombre du grenier, elles aperçurent Guillaume allongé sur le sol, les trois autres penchés sur lui.

– Que s'est-il passé ? s'écria Élisabeth.

Guillaume s'assit tranquillement.

– C'est la chouette, elle m'a attaqué.

– Ah çà ! répliqua Bertille. Je vous avais pourtant dit de ne pas la déranger. Moi, elle me connaît. Mais aujourd'hui, nous étions très nombreux, ça l'a énervée.

– Mais, je ne l'ai pas embêtée, se défendit Guillaume. J'ai juste tendu ma main vers elle pour qu'elle se pousse. Il fallait bien que je regarde sous l'endroit où elle était posée...

– Vous n'avez rien ? s'affola Élisabeth.

– Pas grand-chose. J'ai eu de la chance.

– Pas grand-chose ? répéta Clotilde avec inquiétude. Que voulez-vous dire par « pas grand-chose » ?

– Je me suis tordu la cheville... Théo, Colin, aidez-moi à me lever. Aïe !

– Ma mère va être furieuse, s'affola Angélique.

– Mais non. C'est juste une petite foulure.

Et il clopina[11] pour tester la solidité de son pied.

– Boudiou, j'ai mal... Je crois que je vais devoir m'arrêter. Continuez sans moi.

– Non, soupira Bertille. Redescendons. Grâce à vous, nous avons tout de même bien

---

11. Clopiner : boiter légèrement, marcher avec peine.

progressé. Il ne me restera plus qu'un quart de la toiture à voir.

Les trois garçons remirent leurs vestes et époussetèrent leurs habits. Puis tout le monde prit l'escalier, Guillaume à cloche-pied, soutenu par Théo et Colin.

– J'ai fait une chute, annonça-t-il à la sous-gouvernante. Rien de grave, une chouette m'a attaqué. Mais ne vous inquiétez pas, Mesdames vont bien.

– Où étiez-vous ?

– Dans le grenier..., avoua Élisabeth. Nous explorions...

Mme de Taillevent poussa un grand cri d'effroi avant de regarder sa fille d'un air accusateur.

– Ce n'est pas ma faute, s'empressa de déclarer Bertille, une main sur le cœur. C'est la chouette. Je crois qu'elle n'aime pas M. de Formigier.

Malgré la gravité des événements, Mme de Mackau réprima une envie de rire. Elle soupira avant d'ordonner :

– Je crois qu'il est temps de rentrer. Ce jeune homme a besoin de soins. Chère madame, merci pour votre hospitalité.

Alors qu'ils franchissaient le pont-levis pour regagner le carrosse, Élisabeth souffla à Bertille :

– Ne perdez pas espoir. Nous tâcherons de revenir demain.

Chapitre 8

Clotilde se réveilla en sursaut.

– Seigneur Dieu…, chuchota-t-elle dans l'obscurité. Comment n'y ai-je pas pensé ?

Il faisait nuit noire, mais ce qu'elle venait de découvrir en rêve était si extraordinaire qu'elle repoussa les draps et s'assit dans son lit.

– Il faut que j'en parle tout de suite à Babet !

Elle chaussa ses pantoufles et traversa les salons tout en enfilant son déshabillé. Le garde des appartements n'en crut pas ses yeux lorsqu'il vit passer la jeune fille, la tête couverte de sa coiffe de nuit !

Clotilde fonça chez sa sœur, ouvrit la porte de sa chambre et la secoua.

– Clotilde ? s'inquiéta Élisabeth. Que vous arrive-t-il ?

– Chut ! *In tegumento*...

– Ineté quoi ?

– *In tegumento* ! Nous pensions que le message en latin disait *in tegulo*. C'est faux ! Les Romains écrivaient souvent avec des abréviations. Les Templiers les ont imités.

Élisabeth se réveilla pour de bon. Clotilde n'était pas pour rien la princesse la plus instruite d'Europe ! Elle maîtrisait le latin sur le bout des doigts. Celle-ci expliqua :

– Le mot nous semblait illisible, mais en fait il était juste raccourci. Ils avaient noté *in tegum,* avec un point au bout, pour *in tegumento*...

– Alors ? demanda Élisabeth, tout excitée. Qu'est-ce que ça veut dire ?

– « Dans la couverture », et non « dans la toiture ».

– Mais, la couverture de quoi ?

– Celle du livre, pardi ! répliqua Clotilde en riant. Elle est en cuir, épaisse, et cousue sur le bord par un fil. Les indications qui mènent au trésor doivent être à l'intérieur !

– Madame ? lança la voix inquiète de Marie, la femme de chambre. Allez-vous bien ?

Réveillée par le bruit, elle avait poussé la porte de la garde-robe, où elle dormait sur un lit de camp. Elle sembla stupéfaite de découvrir Clotilde.

– Ce n'est rien, Marie, la rassura Élisabeth. Ma sœur avait à me parler.

– Je retourne me coucher, déclara cette dernière. Babet, n'oubliez pas, dites à Bertille : « Dans la couverture. »

Elle l'embrassa sur la joue et s'éclipsa sans bruit. Élisabeth, pendant un instant, pensa qu'elle avait rêvé. Mais la domestique vint arranger ses draps.

– Marie... Vous qui connaissez la région, êtes-vous déjà allée au château de Taillevent ?

La jeune femme s'assit sans façon au bord du lit :

– Bien sûr ! C'est à deux pas de mon village et de l'arbre à souhaits. À ce qu'on m'a raconté, cette pauvre Mme de Taillevent a de gros soucis... Mais assez parlé, il faut dormir. Bonne nuit, Madame.

Élisabeth avait mille questions à lui poser, mais elle dut obéir. Et c'est avec un grand sourire qu'elle se rendormit.

Dès que Mme de Mackau et Angélique arrivèrent, le lendemain matin, Élisabeth supplia :

– J'aimerais retourner au château de Taillevent. Bertille a besoin de nous.

La femme poussa un soupir.

– Personne ne peut l'aider... Elle s'est mis en tête que ce trésor allait les sauver. Hélas, ce n'est qu'une légende. Sa mère sait bien que tout est perdu. J'ai longuement discuté avec elle. Elle cherche une place de gouvernante et espère que Bertille ne sera pas renvoyée de Saint-Cyr. Au moins, sa fille aura un toit et fera des études.

– Ce n'est pas une légende, protesta Élisabeth. D'ailleurs, le livre des Templiers existe bel et bien ! Clotilde a découvert la solution de l'énigme. Je ne vous demande qu'une chose, laissez-nous dire à Bertille où se trouve le plan du trésor.

Son regard s'était fait si implorant que Mme de Mackau dodelina de la tête avant d'accepter.

– D'accord. Nous irons cet après-midi. Je vais prévenir Mme de Marsan...

– Autre chose, l'arrêta Élisabeth. Clotilde pourrait-elle venir avec nous ? Je sais qu'elle a beaucoup à faire, mais, à la fin du mois, elle partira. J'aimerais tant passer un peu de temps avec elle, avant que nous nous séparions pour toujours...

La femme en fut si émue que les larmes lui montèrent aux yeux.

– Je ferai de mon mieux, Madame.

Lorsqu'elle revint, elle annonça, tout heureuse :

– Madame Clotilde nous accompagnera. Mme de Marsan n'est pas si mauvaise qu'il y paraît. Elle a compris que vous aviez besoin d'être ensemble.

– Oh ! Merci ! Merci !

– Eh bien, lança joyeusement la sous-gouvernante, mettons-nous au travail. Ce matin, nous ferons du calcul et de l'histoire. Colin, mon garçon ! Cours aux Écuries et réclame un carrosse pour 14 heures. Ensuite, tu iras prévenir M. de Villebois afin qu'il nous escorte. Je crains que M. de Formigier, vu son état, ne reste à l'école des pages, aujourd'hui.

Chapitre 9

Effectivement, Guillaume manquait à l'appel. Le gouverneur des pages l'avait expédié à l'infirmerie.

– Nous irons le voir ce soir pour prendre de ses nouvelles, déclara Élisabeth en s'installant dans le carrosse.

Le voyage fut très agréable. Les deux sœurs passèrent leur temps à rire et se remémorer des souvenirs. Hélas, lorsqu'elles arrivèrent au château, leur bonne humeur retomba d'un coup. Une voiture noire tirée par deux chevaux était garée devant le pont-levis. Deux hommes semblaient monter la garde...

– Qu'est-ce que vous voulez ? demanda le premier d'un ton peu aimable en leur bloquant le passage.

Théo s'avança :

– Je suis le vicomte Théophile de Villebois. Mesdames Clotilde et Élisabeth, les sœurs de notre roi, souhaitent parler à Mme de Taillevent.

L'individu parut impressionné... juste une seconde. Il lança un coup d'œil à son compère, ricana et répliqua :

– Mme de Taillevent ne reçoit pas. Aujourd'hui, elle a des affaires à régler avec notre maître, M. Dufour.

– Écartez-vous, insista Théo.

Colin vint se poster près de lui pour lui prêter main-forte. Mme de Mackau, voyant que les choses s'envenimaient, demanda aux jeunes filles de rester en arrière.

– Ces gens me semblent dangereux. Il vaudrait mieux rentrer à Versailles.

Comme les domestiques ricanaient toujours, Théo les menaça :

– Nous interdire d'entrer serait un crime de lèse-majesté. La famille du roi est chez elle partout en France. Si vous refusez, nous reviendrons dans une heure avec une vingtaine de soldats. Voulez-vous tâter de la prison ?

Les deux individus cessèrent aussitôt de rire. Ils se poussèrent à contrecœur et cédèrent le passage.

La sous-gouvernante et les adolescents grimpèrent jusqu'à la grande salle où ils retrouvèrent Mme de Taillevent, pâle à faire peur. Bertille, vêtue de son habituel costume de paysan, faisait face à un homme d'une trentaine d'années richement habillé.

– Antoine Dufour, pour vous servir, se présenta-t-il en ôtant son chapeau.

Il affichait un sourire charmeur, auquel personne ne se fia. Mme de Mackau s'avança vers Mme de Taillevent.

– Nous venions prendre de vos nouvelles.

La pauvre femme était si bouleversée qu'elle eut grand mal à répondre.

– Comme vous le voyez, elles ne sont pas bonnes. M. Dufour exige que je signe tout de suite les documents qui feront de lui le propriétaire de nos terres et de ce château. J'étais en train de lui expliquer que j'avais jusqu'à 6 heures ce soir pour m'acquitter de mes dettes.

– C'est une perte de temps, madame, rétorqua-t-il. Vous n'avez pas l'argent. Inutile d'attendre.

Mme de Mackau le fixa et s'indigna :

– Pourquoi vos serviteurs surveillent-ils les lieux ? Cela est extrêmement désagréable, monsieur.

– Parce que je ne veux pas que les dames Taillevent s'enfuient avec des biens de valeur qui m'appartiennent.

– Qui vous *appartiendront*..., rectifia Bertille d'un air mauvais. Rappelez-vous, nous avons jusqu'à 6 heures.

Sa mère soupira et lui ordonna :

– Bertille, peut-être devrais-tu t'occuper de nos invités ? Je tiendrai compagnie à Mme de Mackau et à... M. Dufour.

La jeune fille transperça l'homme d'un regard haineux, puis elle entraîna ses compagnons hors de la pièce.

– J'ai passé toute la matinée dans la charpente, leur apprit-elle. Et je compte bien recommencer...

– Inutile, lança Élisabeth. Clotilde a résolu l'énigme. Les indications ne sont pas dans la toiture, mais dans la couverture du livre !

Clotilde s'empressa de lui expliquer comment elle était parvenue à cette conclusion. Bertille allait répondre, lorsqu'un bruit les fit se retourner. Un des serviteurs de Dufour arrivait à pas lents…

– Allons à la bibliothèque, proposa Bertille, furieuse d'être surveillée.

Ils s'engouffrèrent dans l'escalier de pierre. Mais l'homme leur emboîta le pas. Bertille le toisa et s'énerva :

– Allez-vous nous suivre encore longtemps ?

– Je n'ai que ça à faire, rétorqua-t-il en riant. Et puis, si Mesdames ont besoin de quelque chose, je serai là.

Les jeunes gens se lancèrent un coup d'œil inquiet. Comment étudier le livre des Templiers avec cet individu qui les observait ? Il fallait ruser… Une fois sur le palier, Bertille lui demanda :

– Monsieur, pourriez-vous ouvrir cette porte, elle est coincée.

Tandis qu'il s'exécutait, elle glissa aux autres :

– Détournez son attention pendant que je prends le carnet.

La porte céda. Ils entrèrent dans la pièce aux rayonnages vides et poussiéreux et firent mine de s'extasier sur la beauté des vieux portraits pendus au mur.

– La plupart datent de la Renaissance, déclara fièrement Bertille. À cette époque-là, ma famille était encore très riche.

Colin montra du menton à Élisabeth le coin où se trouvait l'armure branlante. Puis il s'y dirigea en sifflotant... La princesse avait compris. Elle donna un coup de coude à Bertille, pour la prévenir.

– Fichtre ! jeta Colin. Comment peut-on combattre ainsi déguisé ? Ça doit peser drôlement lourd !

Et il tira sur l'un des bras. L'armure s'effondra, complètement désarticulée, dans un fracas de métal ! Le heaume[12] roula jusqu'aux pieds de l'homme qui se pencha pour le ramasser.

– Tu ne peux pas faire attention ? hurla-t-il. Imbécile !

– J'ai pas fait exprès, m'sieur, gémit Colin d'un air penaud.

– M. Dufour espère revendre toutes ces vieilleries un bon prix. Mais encore faut-il qu'elles soient en état !

---

12. Sorte de casque de métal pourvu d'une visière que portaient les chevaliers.

Bertille, dans son dos, attrapa le livre des Templiers posé sur la table. En un clin d'œil, il disparut sous sa chemise.

Comme elle avait entendu les commentaires du domestique, elle lui lança d'un ton agressif :

– Ces vieilleries, comme vous les appelez, sont les souvenirs de l'histoire de ma famille. Pauvre ignare !

Puis se tournant vers les jeunes gens, elle proposa :

–Sortons dans le jardin, nous y serons tranquilles. Quant à vous, ajouta-t-elle au serviteur, inutile de nous coller aux basques[13]. Nous nous passerons volontiers de votre compagnie.

Comme il faisait malgré tout mine de les suivre, Théo ironisa :

–Que craignez-vous ? Que Mlle de Taillevent s'enfuie avec un panier de pommes ou des bûches de bois ?

–Bien envoyé, approuva Bertille.

L'homme serra les poings. À voir l'étincelle mauvaise dans son regard, il leur aurait bien distribué une claque ou deux pour leur apprendre la politesse. Puis il se posta à la fenêtre pour les surveiller dès qu'ils sortiraient.

---

13. Ancienne expression populaire : suivre quelqu'un avec insistance.

Chapitre 10

Bertille leur fit traverser en courant une vaste pelouse.

– Vite ! Nous a-t-il suivis ?

– Non, répondit Angélique, je ne crois pas. Madame Clotilde ? Allez-vous bien ?

La princesse était rouge, tant elle était essoufflée. Elle souffrait d'embonpoint et, pour affiner sa taille, Mme de Marsan l'obligeait à porter un corset qui l'empêchait de respirer.

– Ne vous inquiétez pas pour moi, continuons.

Après avoir prudemment regardé à gauche et à droite, Bertille les entraîna dans une remise qui servait d'atelier. Elle sortit le livre, qu'elle posa sur un vieil établi.

– Nous allons bientôt savoir...

Comme elle cherchait parmi les outils de quoi ouvrir la couverture, Théo fouilla dans sa poche.

– Tenez, lui dit-il en lui tendant un petit couteau pliant.

– Merci. Oh... Il est superbe. J'aimerais tant en posséder un comme le vôtre. Mais ma mère ne veut pas.

– Elle pense que ce n'est pas très féminin ? supposa Élisabeth.

– Exactement. Tudieu ! Je déteste être une fille ! C'est pourtant bien utile, un couteau, pour tailler un bout de bois ou pour bricoler.

Tout à coup, elle jeta un regard inquiet aux jeunes gens, déjà sûre de les voir se moquer d'elle. Une fille qui appréciait les travaux réservés aux hommes, cela soulevait toujours les critiques. Mais non, ils ne riaient pas. Rassurée, elle ouvrit le couteau.

– Voyons voir...

Elle trancha délicatement le fil cousu autour de la reliure. Tous avaient le cœur qui s'emballait... Qu'allaient-ils découvrir ?

Bertille glissa ensuite ses doigts sous le cuir fauve de la couverture. Ses mains tremblaient, tant elle était émue.

– Il y a un papier !

Elle le tira tout doucement pour l'observer. Il s'agissait d'un dessin, une espèce de carte, accompagné d'un court texte... en latin.

– Ma sœur, demanda Élisabeth. S'il vous plaît, aidez-nous.

Clotilde attrapa le document pour l'étudier de plus près. Après quelques minutes, elle traduisit :

– « Nous quittons Taillevent aujourd'hui afin que ses habitants ne soient pas inquiétés. Les soldats du roi nous poursuivent. Nous n'avons guère d'espoir de leur échapper. J'ai décidé de cacher l'or ici, pour qu'il ne tombe pas entre leurs mains. Pour le retrouver, allez jusqu'à la pierre levée. Il est à l'abri, dans le tronc d'un vieux chêne, à six pieds du sol. J'ai bouché le trou avec de la cire afin de le dissimuler. Bonne chance, mes frères, et que Dieu nous protège. » C'est signé Aymon de Puységur, commandeur de Saint-Arnulf.

Le croquis montrait une petite croix à l'intérieur d'un rond avec, sur sa droite, une espèce d'ovale pointu, sans doute la pierre levée. En dessous se trouvait un trait ondulé et, plus bas encore, un petit dessin représentait un château fort avec des créneaux.

Bertille réfléchit.

– Le château, c'est Taillevent. Le trait ondulé, c'est une rivière qui coule à deux pas d'ici. Par contre, je ne connais aucune pierre levée…

– C'est quoi, une pierre levée ? demanda Angélique.

– L'abbé de Montégut, expliqua Clotilde, notre professeur de français et de latin, m'a appris qu'autrefois les Gaulois vénéraient de hautes pierres plantées dans le sol.

– Près de chez moi, raconta Colin, il y en a une, mais elle est couchée.

Bertille écarquilla les yeux.

– Une pierre couchée, je sais où il y en a une. Peut-être qu'elle était encore debout à l'époque des Templiers, mais que, depuis, elle est tombée ? Mais alors… le chêne dont parle le mot serait… l'arbre à souhaits !

– Cela correspondrait ! s'écria Élisabeth. Ce chêne a 1 000 ans. Il y a cinq siècles, il était déjà très vieux.

– De toute façon, nous n'avons pas d'autre piste. Allons-y !

Bertille remit doucement le document dans la couverture, qu'elle cacha de nouveau dans sa chemise. Puis elle observa les jeunes gens.

– Il y a un raccourci, mais il ne va pas vous plaire.

– Peu importe, répondit Élisabeth. Ne perdons pas de temps. Quatre heures viennent de sonner. Il ne nous reste plus que deux heures.

– Suivez-moi !

Ils poursuivirent leur course dans les champs. De temps en temps, Bertille s'arrêtait afin que Clotilde reprenne son souffle. Bientôt, la rivière apparut.

– Il n'y a pas de pont, remarqua Élisabeth. Comment allons-nous traverser ?

– C'est bien ce que je vous disais, mon raccourci ne va pas vous plaire…

Et Bertille leur montra un tronc d'arbre couché au-dessus du cours d'eau.

– Mesdames, y arriverez-vous ?

Si Élisabeth acquiesça, Angélique et Clotilde se regardèrent d'un air épouvanté. Cette dernière expliqua :

– Il vaut mieux que je vous attende ici, ou que je retourne au château auprès de Mme de Mackau.

– Certes pas ! répondit aussitôt sa sœur. Ce M. Dufour se douterait aussitôt que nous préparons quelque chose.

– Essayez, insista Bertille, c'est plus facile qu'il n'y paraît.

Chapitre 10

Et, les bras à l'horizontale, elle traversa la première pour leur montrer comment faire. Élisabeth et Théo suivirent sans problème. Colin, qui avait longtemps vécu dans les bois avec sa famille, en fit autant. Puis, voyant que

les deux jeunes filles hésitaient toujours, le valet demanda :

– Est-ce profond ?

– Point du tout, expliqua Bertille, l'eau monte tout juste aux genoux.

Il ôta ses chaussures et ses bas, entra dans l'eau, traversa la rivière et proposa :

– Prenez ma main. N'ayez crainte.

Angélique tâtonna à petits pas sur le tronc renversé et arriva sur l'autre berge plus morte que vive. Mais Clotilde ne parvenait pas à se décider.

– Courage, ma sœur !

– Je suis si serrée dans mon corset que j'ai du mal à voir mes pieds... Je vais tomber !

– Pensez au beau souvenir que cela nous fera, tenta de plaisanter Élisabeth. Plus tard, vous raconterez à vos enfants comment, avec leur tante Élisabeth, vous avez franchi une rivière au péril de votre vie !

Clotilde éclata de rire. Malgré sa peur, elle s'avança enfin, Colin lui tenant fermement la main. À peine de l'autre côté, tout le monde se remit à courir. Bientôt, ils entrèrent dans les bois.

Bertille arriva la première à l'arbre à souhaits. Sans attendre, elle commença à l'observer, à la recherche d'une cavité assez grande où l'on puisse cacher quelque chose.

– Il n'y a rien…, constata-t-elle d'une voix hachée par la déception. Rien !

– Regardons mieux, lui proposa Élisabeth. Le papier dit que le trou est bouché par de la cire à six pieds de haut. Il faut trouver un défaut sur le tronc.

Au loin, 5 heures sonnaient à l'église du village…

– Tudieu, plus qu'une heure !

Ils passèrent leurs doigts sur les craquelures de l'écorce, les grattèrent à s'en arracher la peau.

– Rien ! répétait la pauvre Bertille. Toujours rien !

Elle s'assit, désespérée, la tête dans les mains.

– À quoi bon continuer. Nous avons perdu. Nous allons nous retrouver à la rue, ma mère, la vieille Yvonne et moi…

Ses amis se regardèrent. Colin, le premier, admit avec gêne :

– Effectivement, mademoiselle. S'il y avait une cache, nous l'aurions trouvée.

– Dire qu'hier, sanglota Bertille, j'ai demandé à l'arbre à souhaits qu'il me donne ce trésor ! Il ne m'a pas exaucée…

Tout à coup, Élisabeth se redressa. Une idée venait de lui traverser l'esprit.

– Nous ne cherchons pas au bon endroit. En cinq siècles, cet arbre a dû considérablement grandir ! La cache n'est plus à 6 pieds du sol, mais sans doute à 10 ou 12 !

– Vous avez raison ! s'écria Bertille.

Ils s'écartèrent du tronc et se placèrent tout autour. Puis, les yeux levés, ils observèrent chaque détail, chaque renflement, chaque défaut.

– Là, lança Angélique en montrant une boursouflure suspecte.

– Colin ! demanda Théo. Fais-moi la courte échelle, je vais regarder de plus près.

Colin présenta au page ses doigts croisés. Théo y posa son pied, puis il s'élança. Il s'agrippa, enfonça ses ongles dans les craquelures de l'écorce pour garder l'équilibre, et tâta l'excroissance.

– Dépêchez-vous, gémit Colin. Je ne vais pas tenir longtemps.

– Encore quelques instants…

Hélas, Théo déchanta peu après.

– Flûte ! Ce n'est qu'une ancienne branche qu'on a coupée.

Et il se laissa glisser à terre. Ils furent tout étonnés de voir que Clotilde plaçait ses mains sur le tronc et fermait les yeux.

– Que faites-vous, Madame ? s'inquiéta Angélique.

– Je vais changer mon vœu… Cela nous aidera peut-être… Arbre magique, si tu m'entends, annule mon souhait. Je désire à présent que Mlle de Taillevent ait son trésor. Peu importe que je sois heureuse au Piémont ! Taillevent est la maison de ses ancêtres. Je ne veux pas qu'elle se retrouve à la rue. Ce serait trop injuste !

– Non, ma sœur, l'interrompit Élisabeth. Ne faites pas ça. Et vous ?

– Moi, je suis une Fille de France. On m'a appris à tout supporter sans me plaindre. Je m'accommoderai du Piémont et de mon époux.

– Merci, Madame, souffla Bertille. Mais je crains que cela ne serve à rien. Il n'y a plus aucun espoir de trouver quoi que ce soit.

– Il nous reste encore un peu de temps, la sermonna Clotilde. Recommençons !

Et tous cherchèrent de nouveau. Ils avaient mal aux yeux à force de scruter le tronc.

– Qu'est-ce donc ? lança tout à coup Élisabeth en montrant une tache étrange.

– Où ça ?

– Là, ce rond marron foncé, tout lisse, à 10 pieds.

– Tudieu !

Un frisson d'excitation les parcourut.

– Monsieur de Villebois, demanda Bertille, aidez-moi à monter. Je veux aller voir moi-même.

– Laissez, mademoiselle. Colin et moi allons le faire.

Le regard de la jeune fille le cloua sur place.

– Monsieur, je suis aussi capable de grimper que n'importe quel garçon ! Me croyez-vous en sucre ?

Théo n'insista pas.

– Je ne voulais pas vous vexer. Je sais parfaitement que vous êtes très habile. Je ne vous le proposais que par pure politesse.

Et, pour le lui prouver, il sortit son couteau, qu'il ouvrit et qu'il lui tendit.

– Tenez. Vous en aurez besoin.

Elle posa son pied sur ses mains et se souleva. Puis, comme elle n'atteignait pas la mystérieuse tache, Théo l'encouragea :

– Mettez vos pieds sur mes épaules.

Elle n'hésita pas et le fit. Le page vacilla sous son poids. Il se cramponna à l'arbre et serra les dents. Au-dessus de sa tête, il entendait la respiration saccadée de Bertille.

– Plus à droite, lui indiqua Élisabeth. Vous y êtes presque... Oui !

La jeune fille avait le visage plaqué contre l'écorce, les bras en l'air, dans un équilibre incertain.

– Vous aviez raison, lança-t-elle. C'est lisse sous mes doigts... Ce n'est pas naturel.

En tâtonnant un peu, elle y planta le couteau.

– C'est bien de la cire ! Seulement, avec le temps, elle est devenue presque aussi dure que du bois !

La lame s'enfonçait difficilement, mais Bertille était si déterminée que, en moins d'une minute, elle avait réussi à enlever une bonne partie du bouchon. Puis elle s'inquiéta :

– Allez-vous bien, monsieur de Villebois ?

– Ça va. Poursuivez !

Le visage de Théo était rouge, ses jambes tremblaient. En fait, il se serait fait tuer sur place plutôt que d'avouer qu'il était fatigué !

– Ça y est ! lança Bertille. J'ai traversé la couche de cire ! Dessous, il y a bien une cache !

Et elle se mit à rire à gorge déployée. Dès qu'elle le put, elle passa sa main dans le trou pour tâter l'intérieur.

– Je sens quelque chose. Comme une bourse de cuir... C'est merveilleux !

Quelques instants plus tard, elle tenait un gros sac marron fermé par un lien.

– Tudieu ! jura-t-elle. Qu'il est lourd ! Attention, monsieur de Villebois, je descends.

Colin la réceptionna, tandis que Théo, fourbu, s'asseyait pour se reposer.

– Vite ! souffla Bertille d'une voix tremblante.

Elle trancha le cordon. Mais la bourse était devenue si rigide avec le temps qu'elle ne parvenait pas à l'ouvrir. Elle y planta le couteau et la découpa. Les yeux des jeunes gens brillèrent.

– Oh...

Elle contenait des pièces d'or, de l'or à profusion, au moins 500 ou 600 pièces ! Bertille était si heureuse qu'elle se mit à crier de joie. Élisabeth la secoua gentiment :

– Il nous faut rentrer à Taillevent. Six heures ne vont pas tarder à sonner.

– Vous avez raison.

– Partez ! leur ordonna Clotilde. Ne m'attendez pas, je vais vous ralentir.

– Je reste avec Madame, fit à son tour Angélique. Une Fille de France ne peut rester seule.

Ils déguerpirent aussitôt. Après une demi-heure de course effrénée, ils arrivèrent au château, à bout de souffle. Mais l'entrée était toujours gardée par un serviteur de Dufour…

– Halte-là !

– Pousse-toi, vaurien ! brailla Théo.

Et il bouscula l'homme si fort que ce dernier tomba à terre ! Bertille, les bras chargés du magot, en profita pour traverser le pont-levis et s'engouffrer dans l'escalier. Au loin, le premier coup de 6 heures sonnait…

Dans la grande salle, ils découvrirent Mme de Taillevent assise, une plume d'oie à la main. Dufour, debout derrière elle, ordonnait :

– Signez, madame !

– Non, maman ! cria Bertille. Attendez !

Elle jeta la bourse sur la table :

– Monsieur, nous vous devons 9 000 livres. Une pièce d'or en vaut 25. Nous allons en compter 360. Ensuite, je vous prierai de quitter les lieux.

L'homme resta bouche bée. Jamais il n'avait vu autant d'or à la fois ! Quant à Mme de Taillevent, elle manqua s'évanouir !

– Tu as réussi, dit-elle dans un souffle. Tu nous as sauvées...

Mais Bertille formait déjà des piles de pièces. Dès qu'elle en eut 360, elle réclama :

– Votre chapeau, monsieur.

Dufour le lui tendit. Elle y fit glisser l'or et le lui rendit.

– Nous voilà quittes. À présent, partez.

– Où avez-vous trouvé cette fortune ? demanda-t-il, les yeux brillants de convoitise.

Bertille se mit à rire :

– Ce sont des vieilleries que gardait ma famille. Comme ces tableaux, ou l'armure de mon ancêtre, que vous espériez vendre au plus offrant. Voulez-vous mordre dans une pièce, pour voir si elle est vraie ?

Dufour fronça les sourcils avant de répondre, dépité :

– Bien sûr que non. Je vous crois.

Puis, regardant le magot, il respira un grand coup, sourit, et proposa d'un ton trop aimable pour être honnête :

– Je suis un excellent homme d'affaires. Si vous le souhaitez, je peux placer l'argent qui vous reste. Nous nous partagerions les bénéfices...

– En escroquant de pauvres gens ? railla Bertille. Comme vous l'avez fait avec nous ? Non, monsieur, nous ne mangeons pas de ce pain-là.

Mme de Taillevent se leva.

– Ma fille a raison. Disparaissez. J'ai respecté ma parole, vous avez vos 9 000 livres.

Et elle déchira le papier qu'elle s'apprêtait à signer. Dufour salua et sortit. Ils écoutèrent ses pas décroître dans l'escalier, puis ils se mirent à sauter de joie !

Chapitre 11

Trois jours avaient passé. Ce lundi 14 août, Clotilde, Élisabeth et Angélique se rendirent à Taillevent en compagnie de Mme de Mackau.

Par chance, Guillaume allait mieux. Il était tout heureux de pouvoir monter à cheval pour les escorter avec Théo, même s'il boitait encore.

– Pourvu qu'elle accepte de retourner à Saint-Cyr, pria la sous-gouvernante, tandis que le carrosse s'arrêtait devant le pont-levis.

Un serviteur vêtu d'une veste noire les accueillit.

– Mme de Taillevent vous attend, leur dit-il aimablement. Permettez que je vous montre le chemin…

– Vous êtes nouveau ? s'étonna Élisabeth.

– Point du tout, Madame. Je travaillais déjà ici avant le décès de M. de Taillevent. J'ai dû partir, à contrecœur, à cause des problèmes de notre maîtresse. Mais, hier, elle m'a proposé de reprendre ma place. J'ai accepté aussitôt, tout comme la femme de chambre et le jardinier.

Les toiles d'araignées avaient disparu, la poussière aussi. Dans l'air flottait comme un parfum de bonheur.

Mme de Taillevent plongea dans une profonde révérence.

– Je suis bien heureuse de vous voir, leur lança-t-elle avec un grand sourire. Bertille est prête. Bertille ! appela-t-elle. Viens dire bonjour !

Elle soupira et poursuivit :

– Dieu qu'elle est sauvage !

Le bruit d'un froufrou les fit se retourner.

– Ça alors, souffla Théo.

Une ravissante jeune fille brune entrait, cheveux coiffés en chignon. Elle portait l'uniforme de Saint-Cyr, une robe marron agrémentée d'une large ceinture verte, la couleur de sa classe.

– Quel changement ! s'étonna Élisabeth. Vous êtes méconnaissable !

Le visage de Bertille vira au rouge. Elle regarda ses pieds et ronchonna :

– Le premier qui rit, je lui...

– Hum, la rappela à l'ordre sa mère.

Puis elle se tourna vers ses invités pour annoncer :

– Après avoir discuté avec ma fille, nous avons décidé qu'elle retournerait à Saint-Cyr... Enfin, si on accepte de l'y reprendre.

– Vous avez fait le bon choix, les félicita Mme de Mackau. Ma chère enfant, ajouta-t-elle pour Bertille, la directrice voulait vous renvoyer, mais Mesdames Élisabeth et Clotilde ont plaidé votre cause. Je vous y accompagnerai moi-même tout à l'heure.

Bertille sourit et s'empressa de remercier :

– Je saurai me montrer digne de votre confiance.

–Je suis heureuse de voir que les choses vont mieux pour vous, reprit la sous-gouvernante. Si je puis me permettre, madame, qu'allez-vous faire de votre fortune toute neuve ?

Mme de Taillevent se mit à rire.

–Il nous reste 300 pièces d'or. C'est à la fois beaucoup et fort peu. Il y a ce qu'il faut pour vivre décemment, mais pas assez pour envisager un avenir serein. Si nous gardons la moitié de la somme, Bertille pourra avoir une petite dot qui, ajoutée à celle que nous donnera le roi à la fin de ses études, lui permettra de se marier.

Sa fille sursauta et protesta :

–Je n'ai aucune envie de me marier ! Ma place est ici, auprès de vous. Lorsque je sortirai de Saint-Cyr, je gérerai notre domaine et vous pourrez vous reposer...

Sa mère la fit taire d'un geste.

– N'oublie pas que cette terre a toujours connu des Taillevent. Si tu n'as pas d'enfant, plus tard, à qui reviendra-t-elle ?

Bertille se mordit les lèvres avant de reconnaître :

– Vous avez raison. Je suis la vingt et unième génération. J'espère qu'il y en aura d'autres après moi.

– Eh bien, lança Mme de Mackau à la jeune fille, il est temps de partir pour Saint-Cyr.

Faute de place dans le carrosse, Mme de Taillevent préféra rester au château. Une demi-heure plus tard, ils s'arrêtèrent devant la Maison royale.

Bertille, qui se trouvait assise près de la portière, fut la première à descendre. Théo l'aida galamment, tandis que Guillaume s'occupait des autres passagères. Voyant l'air angoissé de la jeune fille, il la tira à l'écart pour lui glisser :

– Mme de Mackau a raison, vous avez fait le bon choix. Mme de Boyrie nous a dit que vous étiez très intelligente, même si vous collectionnez les punitions. Vous apprendrez vite à tenir des comptes et à gérer votre domaine.

Bertille fronça les sourcils.

– Peut-être. Mais en attendant, ma mère est seule. Elle risque d'être de nouveau à la merci d'escrocs comme ce Dufour.

– Ne craignez rien. Nous nous occuperons d'elle. Plus personne ne lui fera de mal.

– Oui mais, ronchonna-t-elle, qui ira voir nos paysans au moment des récoltes, si ce n'est moi ? C'est pour cela que je m'habille en garçon, pour qu'ils me respectent !

– Vous êtes ravissante aussi en fille, je vous assure, lui souffla Théo. Et je vous respecte autant en jupe qu'en pantalon.

– Cessez de vous moquer, monsieur. Je me sens gauche avec une robe.

– Je ne me moque pas. Je le pense vraiment.

Comme Élisabeth s'approchait, Théo se tut. Bertille, guère à son aise, poursuivit :

– J'ai promis à ma mère de devenir une élève parfaite.

– Ne le soyez pas trop, lui demanda Élisabeth. Je vous aime bien avec votre petit grain de folie...

– ... et mon caractère de cochon ? termina Bertille, qui éclata de rire.

– Je n'osais pas vous le dire !

Mais la porte s'ouvrait derrière elle. Mme de Boyrie, souriante, attendait la pensionnaire. Les trois jeunes filles embrassèrent « Taillevent » et lui souhaitèrent bonne chance. Puis Théo s'avança pour lui dire au revoir. Il lui tendit la main et serra la sienne fermement, comme il l'aurait fait à un camarade.

– Prenez-en soin, chuchota-t-il afin de ne pas être entendu des autres.

Chapitre 11

Les larmes montèrent aux yeux de Bertille. Elle acquiesça de la tête et s'empressa de cacher sa main dans un pli de sa robe. Au creux de sa paume, il y avait le petit couteau pliant de Théo, ce petit couteau dont elle avait toujours rêvé...

La maison royale de Saint-Cyr

En 1686, Mme de Maintenon fonda à Saint-Cyr la Maison royale de Saint-Louis. L'épouse secrète de Louis XIV souhaitait donner aux demoiselles pauvres de la noblesse une bonne éducation et la possibilité de se marier, grâce à une dot de 3 000 livres donnée par le roi.

Les pères de ces jeunes filles étaient pour la plupart morts à la guerre ou s'étaient ruinés au service du pays. Celles-ci venaient de toutes les régions de France. Âgées de 7 à 20 ans, elles étaient réparties en quatre classes : les rouges de 7 à 10 ans, les vertes de 11 à 13 ans, les jaunes de 14 à 16 ans, et les bleues de 17 à 20 ans. Chacune portait une ceinture de la couleur de sa classe.

Saint-Cyr reçut de nombreuses princesses. Ainsi, Marie-Adélaïde de Savoie, mariée au petit-fils de Louis XIV, y passa de longues journées à étudier, mais aussi à jouer avec des petites camarades de son âge. Les filles de Louis XV y allèrent de temps en temps, mais n'y furent pas éduquées.

Clotilde et Élisabeth y furent souvent reçues. Élisabeth garda toujours d'excellents souvenirs de ces visites à la Maison royale de Saint-Cyr. Devenue adulte, elle décida même de payer l'éducation de six jeunes filles chaque année !

Cette prestigieuse école disparut à la Révolution.

Élisabeth
princesse à Versailles

Nous sommes en 1774, Élisabeth a 11 ans et c'est la petite sœur de Louis XVI. Orpheline de bonne heure et benjamine de la fratrie, Élisabeth est la chouchoute de la famille et elle sait en jouer. Avec sa grande amie, Angélique de Mackau, elle va être amenée à résoudre bien des intrigues à la Cour de Versailles.

1

Élisabeth et Angélique mènent l'enquête à la Cour de Versailles pour résoudre le vol d'un précieux tableau.

2

L'heure est grave, Colin, le jeune valet d'Élisabeth, est accusé de vol. Comment prouver son innocence ?

3

L'enquête continue pour Élisabeth. Parviendra-t-elle à retrouver le tableau disparu? Mais attention, Maurice rôde...

4

Alors qu'à Versailles tout le monde se prépare pour le grand bal, Biscuit, le petit chien d'Élisabeth, disparaît mystérieusement...

5

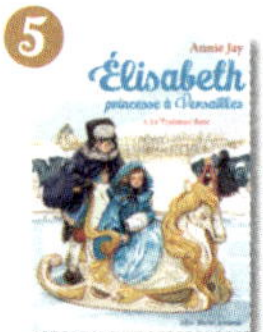

Il neige à Versailles ! Élisabeth ne s'est jamais autant amusée. Mais qu'est devenu le frère de Margot, la petite orpheline ?

6

Des visiteurs à Versailles ! Élisabeth réussira-t-elle à apprivoiser Éclipse, la jument offerte par l'ambassadeur de Libye ?

7

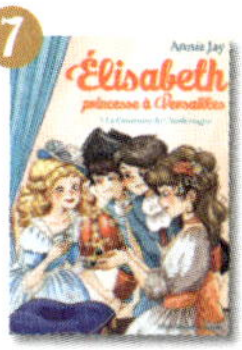

Des bandits préparent un mauvais coup… Élisabeth réussira-t-elle à les arrêter ?

8

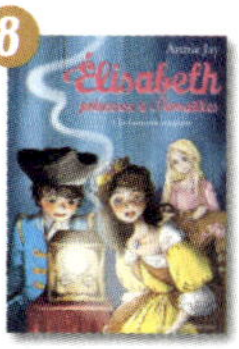

Le collier de Mme de Marsan a disparu ! Le lui aurait-on volé ?

9

Qui est Arabelle ? Pourquoi vit-elle recluse ? Élisabeth va tout faire pour le découvrir…

10

Un courrier du roi a été intercepté. Élisabeth parviendra-t-elle à le récupérer ?

11

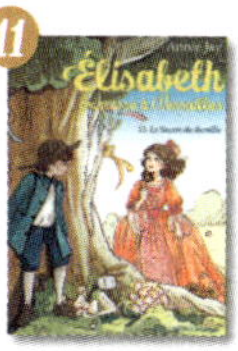

Élisabeth rencontre Bertille, une jeune fille à la recherche d'un trésor caché… Vont-elles le trouver à temps ?

12

En visite au musée du Louvre, Élisabeth se lie d'amitié avec une jeune peintre. Ensemble, elles essaieront de démasquer un faussaire !

13

Pour réconforter Élisabeth, des jeux équestres sont organisés à Versailles. Qui sera le grand vainqueur ?

14

Un petit garçon, disparu il y a des années, vient d'être retrouvé. Mais quelques détails clochent et Élisabeth s'interroge…

15

Une disparition et un intrigant message… Élisabeth part en quête d'indices pour démêler ce nouveau mystère.

16

Entre deux bals à la Cour, un voleur de bijoux sème la pagaille…

Lis très vite les nouvelles aventures d'Élisabeth !

Tome 17 à paraître en septembre 2020.

Du même auteur

dès 8 ans.

Découvre aussi les aventures
de Jean
petit marmiton
au château de Versailles.

Conception graphique : Delphine Guéchot

Imprimé en France par Pollina S.A en février 2020 - 93179D
Dépôt légal : septembre 2018
Numéro d'édition : 22982 / 03
ISBN : 978-2-226-40363-6